WAHKAN

Scénario : Maxe L'Hermenier
Dessin : Alexis Sentenac & Brice Cossu
Couleur : Piky Hamilton

DUPUIS

Treize ans...
il aura fallu toutes ces années pour voir *Wahkan* devenir l'album
que vous tenez entre vos mains. Que de souvenirs en treize ans !
Les premières discussions avec Brice et Alexis,
le découpage des premières pages sous la chaleur de Fréjus,
le travail à six mains au *Cab's atelier*... que de nostalgie !

Merci à vous de nous lire ! Bienvenue dans l'univers de Wahkan !

Maxe L'HERMENIER
http://www.lhermenier.com

Logo : Alexis Sentenac
Lettrage : Fred Urek
Couleurs : Piky Hamilton

Dépôt légal : janvier 2024 – D. 2024/0089/197
ISBN 979-1-0347-6889-9

Éditions Dupuis s.a, 52 rue Destrée, 6001 Marcinelle, Belgique.
Imprimé par Delabie, ZI La Martinoire, bd de l'Eurozone 9, 7700 Mouscron, Belgique.
Achevé d'imprimer en décembre 2023.
www.dupuis.com

Paris, 1889.
DEPUIS MAINTENANT UN MOIS, LA FRANCE EST DEVENUE LE CENTRE DU MONDE. TOUS LES PROJECTEURS SONT BRAQUÉS SUR SON EXPOSITION UNIVERSELLE, QUI MARQUE UN TOURNANT DÉCISIF POUR LA SCIENCE ET LA TECHNOLOGIE.
POURTANT, DANS CE CADRE IDYLLIQUE QUE PARIS OFFRE À SES VISITEURS, PERSONNE NE SE DOUTE DE CE QUI SE TRAME DANS L'ENVERS DU DÉCOR...
... LE GOUVERNEMENT FRANÇAIS PRÉFÉRANT MASQUER LES IMPERFECTIONS...
... POUR LAISSER LA PLACE AUX RÊVES.

POC
!!!
?!
!!

CHARLES, C'EST DE LA FOLIE ! ON VA NOUS VOIR !
ET AVEC CET ASSASSIN QUI HANTE LA TOUR...
LA FOLIE EST LE SEL DE L'AMOUR, MA CHÈRE.
ET JE SUIS LE FOU QUI VEUT VOLER VOTRE CŒUR !
HA HA ! C'EST FOLLEMENT EXCITANT !
?!
AAAAAH!!!

INSPECTEUR KOWALSKI ! VENEZ VOIR !
C'EST ELLE, TU CROIS ?
OUI, C'EST LA FAMEUSE FEMME FLIC...
'PARAÎT QU'ELLE N'EST PAS COMMODE.
MERCI D'ÊTRE VENU ! JE SAIS QUE VOUS N'AIMEZ PAS INTERVENIR SUR LE TERRAIN... ALORS, C'EST LUI ?
IL N'Y A AUCUN DOUTE... VOUS AVEZ DEVANT VOUS LA TROISIÈME VICTIME DE NOTRE DÉSORMAIS TUEUR EN SÉRIE...
VOUS EN ÊTES CERTAIN ?
POURQUOI DOUTEZ-VOUS TOUJOURS DE MOI, MA CHÈRE ÉLÉONORE ? REGARDEZ !
POIGNARDÉ À LA CAROTIDE, ET ICI, UNE PRÉCISE LACÉRATION À LA JOUE... C'EST SA SIGNATURE !
J'EFFECTUERAI D'AUTRES ANALYSES AU LABO.
VOYONS CE QU'EN DISENT LES TÉMOINS...
LE JUGE ?
... ET SA MAÎTRESSE ! PAS SÛR QUE ÇA PLAISE À SA FEMME !
C'EST À SE DEMANDER SI LES GENS NE SONT PAS SUICIDAIRES AU FOND D'EUX... ILS SAVENT QU'UN TUEUR EN SÉRIE TRAÎNE SUR LA TOUR, MAIS ÇA NE LES EMPÊCHE PAS D'Y ALLER QUAND MÊME... POUR L'EXCITATION !
OU ALORS, ON PEUT POSER LA QUESTION DANS L'AUTRE SENS : POURQUOI LE GOUVERNEMENT NE CONDAMNE-T-IL PAS L'ACCÈS À LA TOUR ? À CROIRE QUE L'EXPOSITION A PLUS D'IMPORTANCE QUE DES VIES HUMAINES...

EH OUI, MA PAUVRE ÉLÉONORE. LES ARCANES DE LA POLITIQUE...
TOUT LE MONDE EST PRÊT À FERMER LES YEUX POUR QUE L'EXPOSITION SE PASSE DANS LES MEILLEURES CONDITIONS...
ALLEZ, SOURIEZ !
VOUS ALLEZ BIENTÔT ACCUEILLIR UNE NOUVELLE RECRUE POUR VOUS AIDER DANS CETTE ENQUÊTE...
... UN JEUNE TOUT DROIT SORTI DU MINISTÈRE AVEC MENTION, C'EST TELLEMENT RARE !
OH, OUI ! J'EN AI DE LA CHANCE ! UN FILS À PAPA QUI S'ÉVANOUIRA À LA PREMIÈRE SCÈNE DE CRIME...
... IL N'Y A PAS À DIRE, JE SUIS GÂTÉE !
JE REGRETTE DÉJÀ MON VIEUX MENTOR QUI A PRÉFÉRÉ PARTIR À LA RETRAITE...
EN MÊME TEMPS, COMMENT POURRAIS-JE LE BLÂMER ?
DEVOIR COURIR APRÈS DES BANDITS DE PLUS EN PLUS CINGLÉS...
ET JE DOIS AVOUER QUE JE COMMENCE À EN AVOIR MARRE AUSSI DE CE BOULOT !

Quai des Orfèvres.
TU TRAVAILLES ENCORE ? TU AS DORMI, AU MOINS, MA BELLE ?
J'AURAI TOUT LE TEMPS DE DORMIR QUAND CE MALADE SERA SOUS LES VERROUS...
OUAIS... AUTANT DIRE QUE C'EST PAS POUR DEMAIN, QUOI.
TA SOLLICITUDE POUR LA POLICE ME MARQUERA TOUJOURS, ANNABELLE...
ET SINON, TON PETIT NOUVEAU...
... TU N'AS PAS ENCORE EU LA CHANCE DE LE RENCONTRER ?
LAISSE-MOI DEVINER...
... PETIT, MOCHE ET BOUTONNEUX ?
JE TE LAISSE VOIR PAR TOI-MÊME... MAIS UNE CHOSE EST SÛRE...
... S'IL A BESOIN D'AIDE POUR S'INTÉGRER...
... JE SUIS PRÊTE À FAIRE DES HEURES SUPPLÉMENTAIRES AVEC LUI...

D... DÉSOLÉE...
C'EST MA FAUTE, JE CROYAIS ÊTRE SEUL. JE REVIENS TOUT JUSTE DE MON FOOTING MATINAL.
PARDON SI JE VOUS AI FAIT PEUR.
PEUR ? NON, NON, PAS DU TOUT ! C'EST SIMPLEMENT QUE JE NE VOUS IMAGINAIS PAS AUSSI... GRAND ! ENFIN... JE VOUS VOYAIS PLUS... JEUNE.
...
PLUS JEUNE ?
AH ! CE N'EST PAS CE QUE JE VOULAIS DIRE...
VOUS ÊTES JEUNE ! MAIS C'EST QUE...
BIEN, VOUS M'EN VOYEZ RASSURÉ ! JULES CASTIGNAC ! JE SUIS RAVI DE VOUS RENCONTRER ENFIN !
EUH... ÉLÉONORE KOWALSKI ! CONTENTE DE VOUS RENCONTRER AUSSI !
JE VEUX VOIR TOUT LE MONDE DANS MON BUREAU... TOUT DE SUITE !
JE CROIS QU'ON NOUS APPELLE...
MA PAUVRE FILLE...
... T'ES VRAIMENT RIDICULE...

VOUS VOUS FOUTEZ DE MOI ?!
COMMENT PEUT-ON LAISSER FILER UN MEURTRIER SUR QUELQUES ÉTAGES D'UNE TOUR ?!
ET VOUS ! VOUS FAISIEZ QUOI, CETTE NUIT, POUR NE RIEN VOIR ET NE RIEN ENTENDRE ?!
BAAAH...
C'EST LE TROISIÈME MEURTRE... LE TROISIÈME !
BON SANG !!!
FALLAIT PAS CONSTRUIRE CETTE MONSTRUOSITÉ...
UN PROBLÈME, CARETTE ?
NON, COMMISSAIRE, MAIS QUELLE IDÉE DE CONSTRUIRE UNE TOUR EN FERRAILLE AU CENTRE DE NOTRE BELLE CAPITALE ! FAUT PAS CHERCHER BIEN LOIN... C'EST LA MALÉDICTION DE LA GRANDE DAME DE PARIS !
MALÉDICTION ?
VOUS CROYEZ AUX CONTES DE BONNE FEMME, MAINTENANT ?
ENFIN... SANS VOUS MANQUER DE RESPECT, KOWALSKI !

UNE CHOSE EST SÛRE : LE COUPABLE DOIT BÉNÉFICIER D'UNE AIDE EXTÉRIEURE POUR ÉCHAPPER À NOTRE VIGILANCE DE LA SORTE !
C'EST SÛR !
ET IL CONNAÎT FORCÉMENT LA TOUR COMME SA POCHE POUR PASSER ENTRE LES MAILLES DU FILET.
ET IL DOIT AUSSI ÊTRE SACRÉMENT COSTAUD POUR HISSER LES CADAVRES EN HAUTEUR COMME DES CARCASSES...
... ET ASSEZ AGILE POUR PASSER INAPERÇU...
J'AI FAIT UNE LISTE DE QUELQUES SUSPECTS, CE SONT TOUS D'ANCIENS OUVRIERS QUI CORRESPONDENT AUX SIGNALEMENTS.
CELUI-LÀ, JE LE CONNAIS : C'EST DUVAL ! UNE PETITE FRAPPE QUI S'EST AUTOPROCLAMÉE ROI DE MONTMARTRE...
IL FAISAIT PARTIE DE LA BANDE QUI A FAIT GRÈVE ET IL A ÉTÉ VIRÉ.
IL N'A JAMAIS CACHÉ SON DÉGOÛT POUR LE MONUMENT EN JURANT DE SE VENGER UN JOUR...
CE N'EST PAS LA PREMIÈRE FOIS QU'ON ESSAIE DE LE COINCER... IL COLLE BIEN À LA DESCRIPTION DE NOTRE TUEUR.
BIEN JOUÉ, KOWALSKI !
MERCI, CHEF !!
HUM ! C'EST PAS PARCE QU'UN ANIMAL A DES PLUMES AUX FESSES QU'IL S'AGIT FORCÉMENT D'UN OISEAU...

Y A QU'À VOIR AU MOULIN ROUGE !
MMH... C'EST QUI, LE COMIQUE DE SERVICE ?
JE SUIS DÉSOLÉE, J'AURAIS DÛ VOUS LE PRÉSENTER... IL S'AGIT DE JULES CASTIGNAC, MON NOUVEAU COLLÈGUE, QUI REMPLACE PAT--
LE PISTONNÉ QUI NOUS VIENT DU MINISTÈRE ?!
ON DIRAIT QU'IL Y A DU RELÂCHEMENT DANS LE RECRUTEMENT...
BON, PASSONS... ON A BESOIN DE PERSONNEL. VOUS AVEZ REÇU VOTRE ARME, AU MOINS ?
OUI, MAIS J'ATTENDS QUE MON ADMISSION SOIT OFFICIELLE, ÇA NE DEVRAIT PLUS TAR--
PAS LE TEMPS POUR ÇA !
LE MAIRE M'A PRÉVENU : AU PROCHAIN INCIDENT, ILS DEVRONT INTERDIRE LA TOUR ET ANNULER L'EXPOSITION...

VOUS IMAGINEZ LES RETOMBÉES NÉGATIVES POUR L'IMAGE DE LA FRANCE ET DE SA POLICE...
... INCAPABLE DE VENIR À BOUT D'UN TUEUR EN SÉRIE...
ET JE N'AI PAS BESOIN DE VOUS RAPPELER QUE L'ENTENTE AVEC LES AUTRES PAYS N'EST PAS AU BEAU FIXE. NOUS SERIONS LA RISÉE DE TOUS !
EST-CE QUE C'EST BIEN CLAIR POUR TOUS ?!
ALORS, **REMUEZ-VOUS !**
JE N'AI PAS ENVIE DE DEVOIR PRENDRE UNE RETRAITE ANTICIPÉE...
KOWALSKI, CASTIGNAC, À VOUS DE JOUER ! ALLEZ ME CHERCHER CE DUVAL POUR L'INTERROGER, ON NE SAIT JAMAIS !
... ET MOLLO AVEC LES P'TITES DEMOISELLES !
COMPRIS, COMMISSAIRE !
JE NE VOUS PARLAIS PAS À **VOUS**, CASTIGNAC !
ALORS... ?
JE VOUS ATTENDS...

JE PRENDS LE VOL...
... ANT ?!
POC!
J'AI DÉJÀ L'ADRESSE DE DUVAL EN TÊTE.
ALORS, VOUS MONTEZ OU VOUS COUREZ DERRIÈRE LA VOITURE ? J'AI CRU COMPRENDRE QUE LA COURSE À PIED, C'ÉTAIT VOTRE TRUC...
CE TYPE N'A VRAIMENT PAS LE PROFIL D'UN TUEUR EN SÉRIE...
CE N'EST QU'UN PETIT AGITATEUR SANS INTÉRÊT.
UN VOLEUR DE POULES, PEUT-ÊTRE...
ON PERD VRAIMENT NOTRE TEMPS... ON DEVRAIT PLUTÔT CHERCHER DES PREUVES SUR LA TOUR... C'EST LÀ QUE TOUT SE PASSE !

BRAVO, MONSIEUR LE SAVANT !
HEUREUSEMENT QUE VOUS NOUS FAITES BÉNÉFICIER DE VOS IDÉES DE GÉNIE !
SAUF QUE...
... ÇA FAIT BIENTÔT DEUX SEMAINES QUE LES SERVICES DE LA SÛRETÉ ÉPLUCHENT LA TOUR À LA LOUPE... IL N'Y A RIEN !!
PAS DE TRACE D'UNE QUELCONQUE ARME DU CRIME... PAS DE TRACE DE SANG...
PAS DE TRACE DE PAS...
PAS D'EMPREINTE... RIEN !
RIEN ! CE TUEUR EST AUSSI INTANGIBLE QU'UN FANTÔME !
EN PARLANT DE FANTÔME... VOUS ÊTES TOUT BLANC, CASTIGNAC. QUE SE PASSE-T-IL ?
VOUS N'AVEZ PAS L'HABITUDE DE LA CONDUITE PARISIENNE ?

DUVAL, C'EST LA POLICE ! OUVREZ !
UN CAÏD QUI VIT ENCORE CHEZ SA MÈRE... UNE PERTE DE TEMPS, JE L'AVAIS DIT !
TAISEZ-VOUS, CASTIGNAC...
QUE VOULEZ-VOUS ?
SIMPLEMENT PARLER... POUVONS-NOUS ENTRER ?
VOILÀ, JE SUIS NAVRÉE, MAIS JE N'AI QUE ÇA À VOUS OFFRIR...
MERCI, MADAME. POURRIEZ-VOUS NOUS PARLER DE VOTRE FILS, GAVROCHE ?
GAVROCHE ?! IL N'A PLUS MIS LES PIEDS ICI DEPUIS DE LONGS MOIS... JE NE SAIS PAS OÙ IL SE TROUVE...
VOUS SAVEZ COMMENT C'EST : ON LES FAIT VENIR AU MONDE, ON LES NOURRIT COMME ON PEUT ET ILS DISPARAISSENT SANS LAISSER D'ADRESSE !
UNE MINUTE !
C'EST MON PLUS JEUNE FILS...
C'EST UN GENTIL GARÇON, VOUS SAVEZ...
BIEN. NOUS N'ALLONS PAS VOUS EMBÊTER PLUS LONGTEMPS...
CASTIGNAC, VOUS VENEZ ?

JE VOUS DOIS DES EXCUSES, CASTIGNAC... JE DOIS ADMETTRE QUE VOUS AVIEZ RAISON.
EAU
IL SE PASSE QUELQUE CHOSE D'ANORMAL, ICI...
QUE VOULEZ-VOUS DIRE ?
JE ME SENS ESPIONNÉ... ET CE CALME NE ME RASSURE GUÈRE...
VOTRE IMAGINATION VOUS JOUE DES TOURS...
ON VA RENTRER AU POSTE ET LANCER UN AVIS DE RECHERCHE SUR PARIS ET SES ENVIRONS.
ON DEVRAIT RETROUVER NOTRE LASCAR ASSEZ VITE...
QU'EN DITES-V... ?!

JE PEUX VOUS AIDER ?...
AU JARDIN D'ÉDEN, ON TROUVE TOUJOURS SON BONHEUR...
LAISSE-MOI DEVINER... UN GRAND GAILLARD AVEC UN CŒUR REMPLI D'AMOUR...
AMBRE ! UN CLIENT POUR TOI !
EN FAIT, JE CHERCHE UN VIEIL AMI QUI A DISPARU...
... ET VOUS AVEZ L'AIR D'AVOIR UNE VUE IMPRENABLE SUR...
... LE TOUT-PARIS.
CASTIGNAC ! JE...
MON CHOU, DANS MON MÉTIER, ON APPREND VITE À OUBLIER...
?!
JE SAIS ! MAIS QUELQUEFOIS, LA MÉMOIRE REVIENT TRÈS VITE... IL SUFFIT DE LA STIMULER...
EN EFFET ! MAINTENANT QUE VOUS LE DITES, JE CROIS VAGUEMENT ME SOUVENIR. MAIS FAITES ENCORE UN EFFORT POUR STIMULER MA MÉMOIRE...

TU SAIS, JE SUIS PLUTÔT OUVERTE COMME FEMME...
SI TA COPINE VEUT PARTICIPER...
... JE NE SUIS PAS CONTRE, BIEN AU CONTRAIRE...
HA HA ! CE N'EST PAS PARCE QU'ELLE PARLE COMME UN HOMME QU'ELLE EN A LES GOÛTS...
TU NE SAIS PAS CE QUE TU RATES, MA MIGNONNE !
POLICE ! MAINTENANT, VOUS ALLEZ TOUT NOUS DIRE SUR CET HOMME, OU ON FAIT FERMER CE BOUI-BOUI !
DÉSOLÉE, JE NE L'AI JAMAIS VU !
BON SANG ! RANGEZ ÇA !
À PRÉSENT, JE DOIS Y ALLER ! DES CLIENTS M'ATTENDENT...
PAS SI VITE, MA JOLIE. ON N'EN A PAS TERMINÉ.
KOWALSKI, VOUS DEVRIEZ NOUS LAISSER...
HEIN ?!
S'IL VOUS PLAÎT !

ENFOIRÉ ! TOUS LES MÊMES !
JE SUIS PLUS GRADÉE QUE LUI ! J'EN AI CONNU DES FLICS... DES MISOGYNES, DES TÊTES BRÛLÉES, DES CONS... MAIS RAREMENT LES TROIS EN MÊME TEMPS !
S'IL CROIT POUVOIR JOUER AVEC SES PROPRES RÈGLES, IL SE MET LE DOIGT DANS L'ŒIL !
JE NE ME SUIS PAS BATTUE PENDANT DES ANNÉES POUR ME FAIRE ACCEPTER DANS LA POLICE, POUR ME FAIRE RABAISSER PAR UN BLEU QUI VIENT TOUT JUSTE DE DÉBARQUER...
JE N'OSE MÊME PAS IMAGINER CE QU'IL EST EN TRAIN DE FAIRE EN CE MOMENT !
PFF... MA PAUVRE FILLE...
JARDIN D'EDEN
... NE ME DIS PAS QUE TU ES JALOUSE !
CE MEC N'EN VAUT VRAIMENT PAS LA PEINE !
MAIS...
BOUCHERIE SANZOT
!!
C'EST DUVAL !!!
ATTENTION ! JULES !!

CASTIGNAC !
BLAM ! BLAM !
ILS VONT ME LE PAYER !
JARDIN D'ÉDEN
ENTRÉE PERSONNEL
OUVRE-MOI, JASMINE !
OUVRE, BON SANG !

VLAM
ON NE BOUGE PLUS !!!
POSEZ ÇA, ET LES MAINS EN L'AIR... ALLEZ !!
?
C'EST BON, JULES ! IL A COMPRIS, JE PENSE !
ASSEZ !
VOUS ÊTES FOU ?! C'EST NOTRE PRINCIPAL SUSPECT ET VOUS AVEZ FAILLI LE TUER !!!
IL N'A QUE CE QU'IL MÉRITE !

JE ME DOUTE QUE CE N'EST PAS FACILE D'ARRIVER SUR LE TERRAIN COMME ÇA...
... MAIS VOUS AVEZ PRESQUE TUÉ UN HOMME ET CELA NE SEMBLE PAS VOUS TOUCHER PLUS QUE ÇA !
VRRRMMMM
LE PIRE DANS TOUT ÇA, C'EST QUE VOUS NOUS AVEZ MIS TOUS LES DEUX EN DANGER.
J'EXIGE DES EXPLICATIONS... TOUT DE SUITE !
VOUS POUVEZ TOUJOURS COURIR, KOWALSKI !
QUOI ?!
COMMENT OSEZ...
... VOUS ?

HANGAR DM
EPICERIE COSSU
QUELLE JOURNÉE DE M...
JE NE VOUS LE FAIS PAS DIRE...
LE RETOUR DE LA LÉGENDAIRE KOWALSKI...
EH BIEN, IL EST OÙ, TON CHARMANT PARTENAIRE ? TU L'AS DÉJÀ ÉPUISÉ ?...
JE L'AI ENVOYÉ CONDUIRE MA VOITURE ENDOMMAGÉE CHEZ LE GARAGISTE...
VOUS AVEZ EU UN ACCIDENT ?
TU CONDUISAIS, C'EST ÇA... ?!
POUAH, CETTE ODEUR !
LA FERME.
JE VAIS PRENDRE UNE DOUCHE...
... ET RÉDIGER MON RAPPORT !

ENCORE LÀ, KOWALSKI ?!
HMPFF... MON INTUITION ME DIT QUE DUVAL N'EST PAS LE MEURTRIER...
IL N'A PAS ENCORE AVOUÉ LES MEURTRES DE LA TOUR, MAIS IL A CRACHÉ LE MORCEAU SUR PAS MAL DE LARCINS ! RIEN QUE POUR CELA, ÇA SE FÊTE !
J'OFFRE LA PREMIÈRE TOURNÉE !
FAIRE LA FÊTE ?! TU NE PENSES QU'À ÇA, MA PAROLE ! TU NE FAIS RIEN D'AUTRE QUE TE FOUTRE DES ENQUÊTES !
FAIRE DE L'HUMOUR DE BAS ÉTAGE !
DIRE DES CONNERIES !
ET TU TE DEMANDES ENCORE POURQUOI TU VIS CHEZ TA MÈRE ET QU'AUCUNE FILLE NE VEUT DE TOI ?! TU VEUX QUE JE TE DONNE LA RÉPONSE ?!
EUH... JE TE SENS EN COLÈRE, LÀ... JE VAIS TE LAISSER, JE PENSE !
TOC ! TOC !
FOUTEZ-MOI LA PAIX, J'AI DIT !
CASTIGNAC ?! VOUS VOUS ÊTES DONNÉ LE MOT, OU QUOI ?! QU'EST-CE QUE VOUS VOULEZ ?
JE SUIS VENU VOUS RAPPORTER VOTRE VOITURE NETTOYÉE... ET VOUS DIRE QUE, MÊME SI JE NE SUIS PAS TRÈS RÉCEPTIF À VOS MÉTHODES, VOUS ÊTES UN BON FLIC !
JE... OUPS !
CASTIGNAC !!
RAAAAAH ! BON SANG ! JE VENAIS DE TOUT TRIER !
ATTENDEZ, JE VAIS VOUS AIDER...

BON, ÉCOUTEZ...
CASTIGNAC, VOUS ET MOI, ON EST PARTIS DU MAUVAIS PIED...
IL FAUT ME COMPRENDRE...
... SI JE VEUX DEVENIR COMMISSAIRE UN JOUR, JE DOIS MARQUER DES POINTS EN ARRÊTANT CE GENRE DE CRIMINELS...
EN TANT QUE POLICIER, MAIS SURTOUT EN TANT QUE FEMME, JE N'AI PAS LE DROIT À L'ERREUR, ET...
HEY ! BAS LES PATTES !
HA HA HA ! CE N'EST QUAND MÊME PAS LA PREMIÈRE FOIS QUE VOUS SENTEZ LA MAIN D'UN HOMME SUR VOUS ?!
JE NE VOUS AI PAS FAIT UNE DEMANDE EN MARIAGE, HEIN...
DÉGAGEZ !
LES FEMMES... TOUTES LES MÊMES !
ADVENTURES OF BUFFALO BILL
BANG BANG BANG
CE SONT DES COUPS DE FEU ?
ENCORE LES AMÉRICAINS... ILS SE CROIENT VRAIMENT CHEZ EUX !

LE PONY EXPRESS EST ATTAQUÉ PAR LES INDIENS, SAUVAGES PEUPLANT LE TERRITOIRE DE L'OUEST...
SEUL UN VRAI HÉROS AMÉRICAIN PEUT SAUVER NOS CONCITOYENS...
... LE LÉGENDAIRE BUFFALO BILL !
GN'ES QU'UNE LOPEDDE, BUFFALO !
ALLEZ, VIENS D'BADDRE SI D'ES UN HOBBE !
TIENS ? T'ES LÀ, TOI ?
HOLÀ ! DOUCEMENT, GAMIN !

GN'U SAIS K'D'ES BIGNONNE, DOI...

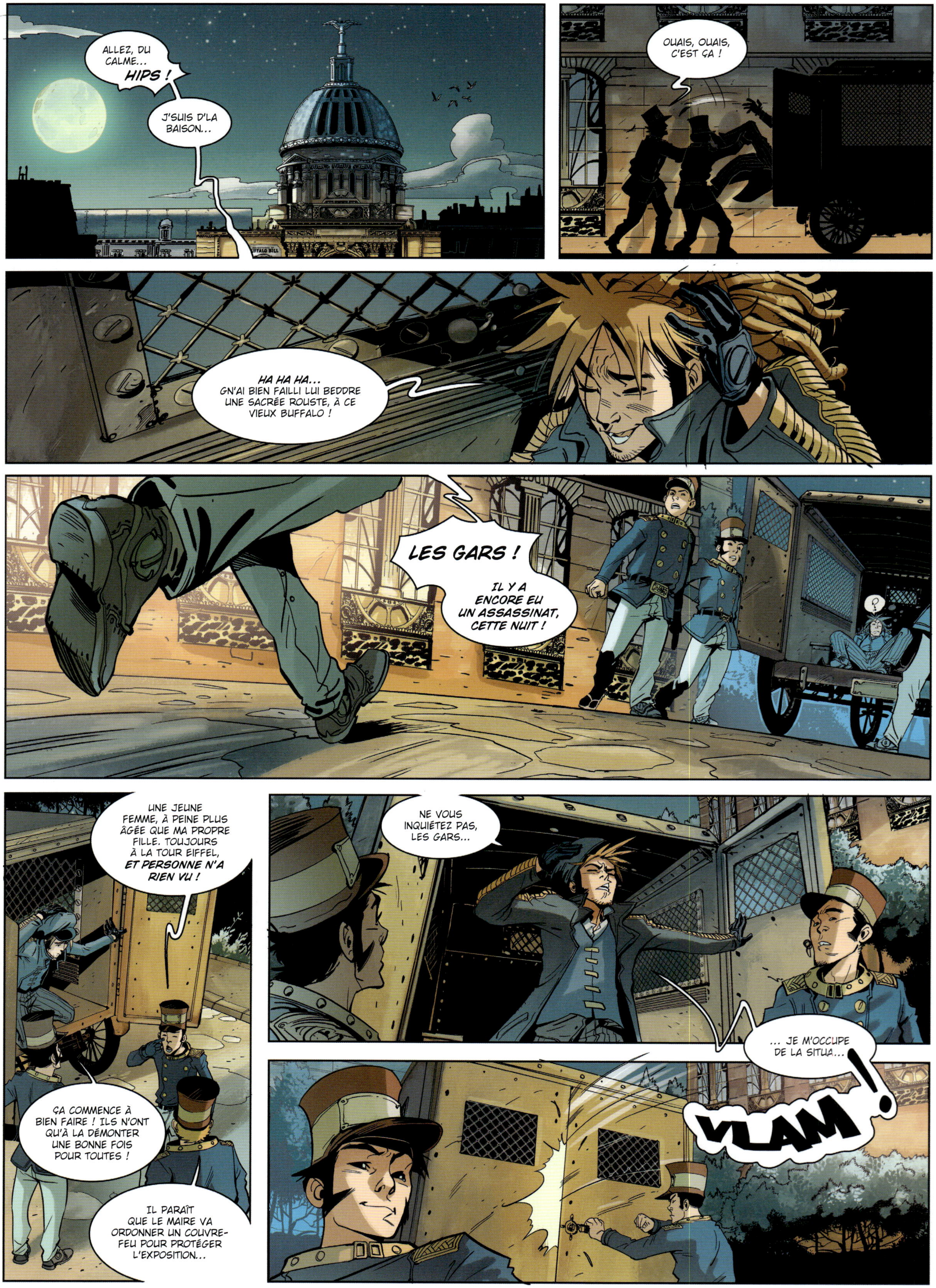

ALLEZ, DU CALME... HIPS !
J'SUIS D'LA BAISON...
OUAIS, OUAIS, C'EST ÇA !
HA HA HA... GN'AI BIEN FAILLI LUI BEDDRE UNE SACRÉE ROUSTE, À CE VIEUX BUFFALO !
LES GARS !
IL Y A ENCORE EU UN ASSASSINAT, CETTE NUIT !
UNE JEUNE FEMME, À PEINE PLUS ÂGÉE QUE MA PROPRE FILLE. TOUJOURS À LA TOUR EIFFEL, ET PERSONNE N'A RIEN VU !
ÇA COMMENCE À BIEN FAIRE ! ILS N'ONT QU'À LA DÉMONTER UNE BONNE FOIS POUR TOUTES !
IL PARAÎT QUE LE MAIRE VA ORDONNER UN COUVRE-FEU POUR PROTÉGER L'EXPOSITION...
NE VOUS INQUIÉTEZ PAS, LES GARS...
... JE M'OCCUPE DE LA SITUA...
VLAM !

Pendant ce temps...
DOCTEUR ?!
MA PETITE ÉLÉONORE... VENEZ VOIR !
SECTION PARFAITE AU NIVEAU DE LA CAROTIDE.
MÊME MARQUE RITUELLE, VIDÉE DE SON SANG AVANT DE LA SUSPENDRE.
CETTE PAUVRE FILLE EN EST LA PREUVE...
... VOTRE TUEUR EST TOUJOURS DANS LA NATURE...
SI C'EST PAS MALHEUREUX DE VOIR ÇA...
MERCI, DOCTEUR...
ET VOILÀ QUI INNOCENTE DUVAL...

RETOUR À LA CASE DÉPART...
KOWALSKI ! KOWALSKI !
QU'EST-CE QU'IL Y A ENCORE, CARETTE ?...
VOILÀ... RAPPORT À HIER, J'AI UN PEU POTASSÉ PENDANT LA NUIT...
J'AI DÛ ÉPLUCHER TOUS LES LIVRES QUE J'AI TROUVÉS SUR LE SUJET.
J'Y AI PASSÉ DES HEURES, ET J'AI DÉCOUVERT...
... ÇA !
REGARDE ! C'EST...
... LA MARQUE DU TUEUR !
TOUT ÇA VIENT D'UN RITE AMÉRINDIEN ?!
SALUT, MA BELLE !!
SALUT, ANNABELLE...
JE TE TROUVE PARTICULIÈREMENT RAVISSANTE, CE MATIN !
AMÉRINDIEN...
ET LES AUTRES JOURS, J'SUIS MOCHE, C'EST ÇA ?
NON, NON, C'EST PAS ÇA ! JE...
PEUT-ÊTRE QU'IL POURRA M'AIDER...
REVIENS, ANNABELLE !
JE VOUS LAISSE ENTRE VOUS, LES TOURTEREAUX ! BRAVO, CARETTE, TU AS BIEN GÉRÉ POUR UNE FOIS !

?!
CASTIGNAC !
OUI, JE SAIS, JE SUIS EN RETARD...
... MAIS MOINS FORT ! MON CRÂNE VA EXPLOSER... JE PRENDS UN CAFÉ ET JE SUIS À V...
NON ! TOUT DE SUITE !
ÉCOUTEZ, SI ÇA A UN RAPPORT AVEC CE QU'IL A FAILLI SE PASSER ENTRE NOUS...
... JE PEUX COMPRENDRE QUE VOUS PRÉFÉRIEZ ATTENDRE LE MARIAGE POUR CE GENRE DE CHOSE, ET...
MAIS TAISEZ-VOUS !
O.K., O.K... ET JE PEUX SAVOIR OÙ ON VA, COMME ÇA ?
À L'ÉGLISE !
HEIN ?!

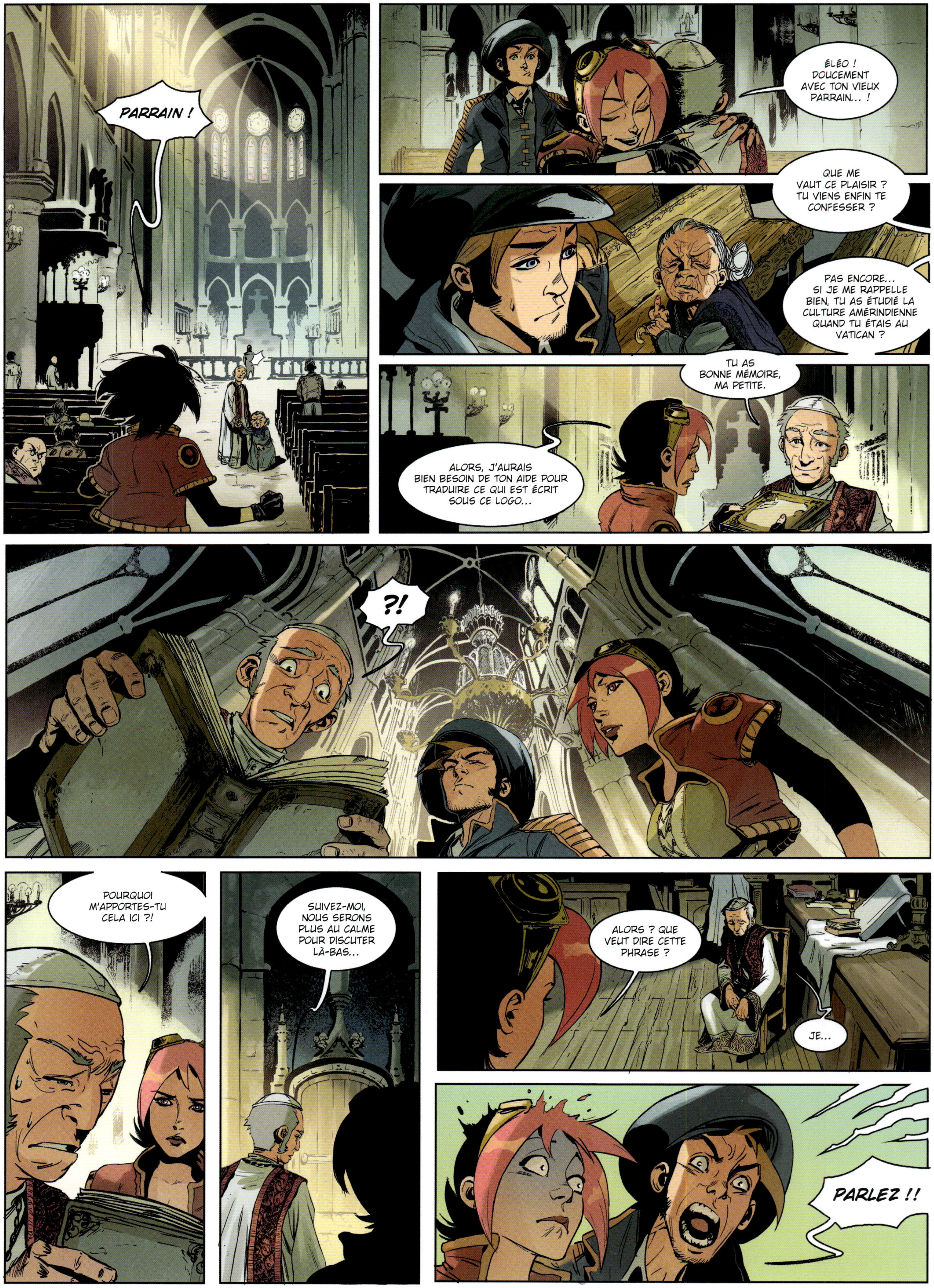
PARRAIN !
ÉLÉO ! DOUCEMENT AVEC TON VIEUX PARRAIN... !
QUE ME VAUT CE PLAISIR ? TU VIENS ENFIN TE CONFESSER ?
PAS ENCORE... SI JE ME RAPPELLE BIEN, TU AS ÉTUDIÉ LA CULTURE AMÉRINDIENNE QUAND TU ÉTAIS AU VATICAN ?
TU AS BONNE MÉMOIRE, MA PETITE.
ALORS, J'AURAIS BIEN BESOIN DE TON AIDE POUR TRADUIRE CE QUI EST ÉCRIT SOUS CE LOGO...
?!
POURQUOI M'APPORTES-TU CELA ICI ?!
SUIVEZ-MOI, NOUS SERONS PLUS AU CALME POUR DISCUTER LÀ-BAS...
ALORS ? QUE VEUT DIRE CETTE PHRASE ?
JE...
PARLEZ !!

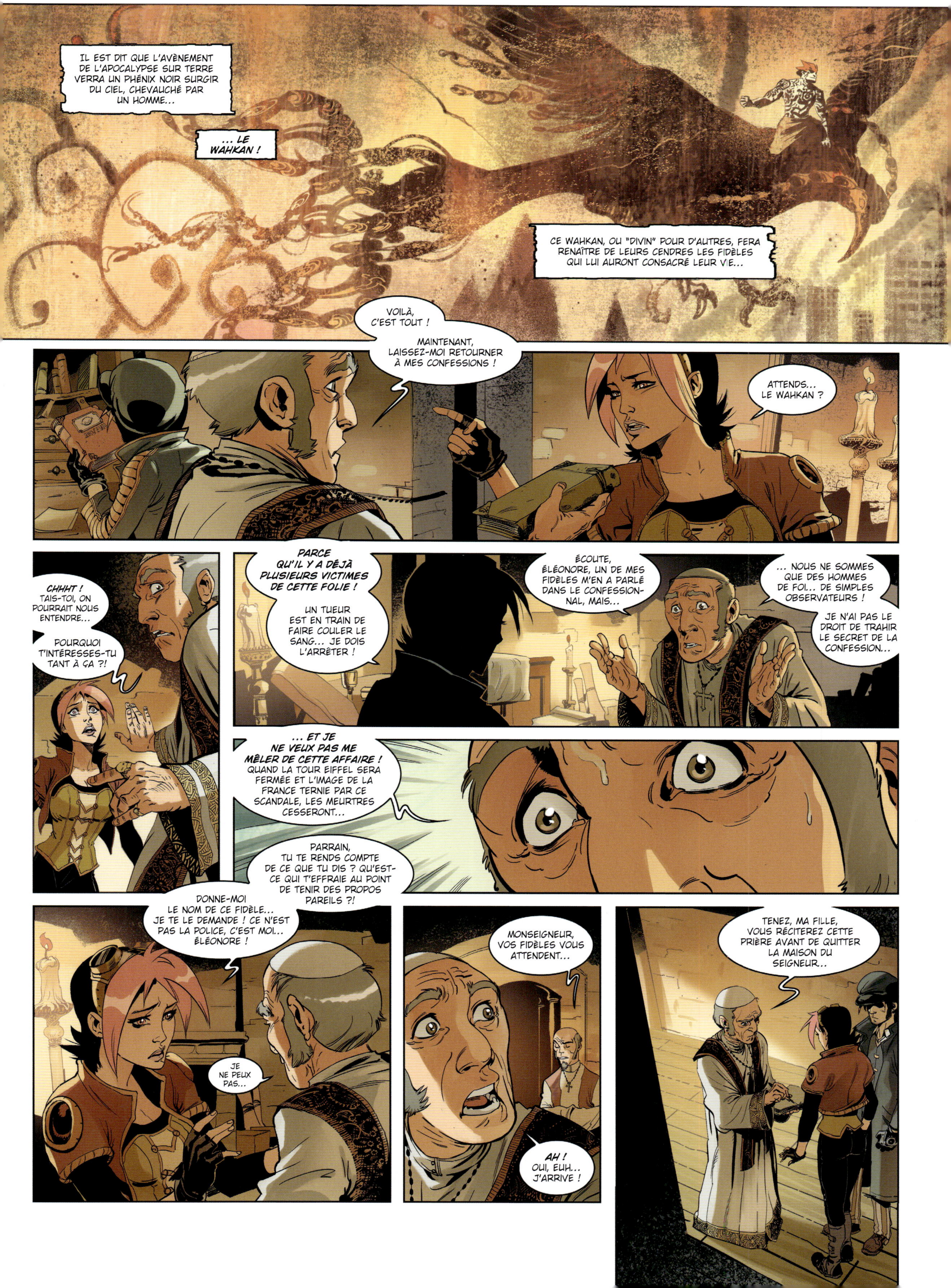
IL EST DIT QUE L'AVÈNEMENT DE L'APOCALYPSE SUR TERRE VERRA UN PHÉNIX NOIR SURGIR DU CIEL, CHEVAUCHÉ PAR UN HOMME...
... LE WAHKAN !
CE WAHKAN, OU "DIVIN" POUR D'AUTRES, FERA RENAÎTRE DE LEURS CENDRES LES FIDÈLES QUI LUI AURONT CONSACRÉ LEUR VIE...
VOILÀ, C'EST TOUT !
MAINTENANT, LAISSEZ-MOI RETOURNER À MES CONFESSIONS !
ATTENDS... LE WAHKAN ?
CHHHT ! TAIS-TOI, ON POURRAIT NOUS ENTENDRE...
POURQUOI T'INTÉRESSES-TU TANT À ÇA ?!
PARCE QU'IL Y A DÉJÀ PLUSIEURS VICTIMES DE CETTE FOLIE !
UN TUEUR EST EN TRAIN DE FAIRE COULER LE SANG... JE DOIS L'ARRÊTER !
ÉCOUTE, ÉLÉONORE, UN DE MES FIDÈLES M'EN A PARLÉ DANS LE CONFESSIONNAL, MAIS...
... NOUS NE SOMMES QUE DES HOMMES DE FOI... DE SIMPLES OBSERVATEURS !
JE N'AI PAS LE DROIT DE TRAHIR LE SECRET DE LA CONFESSION...
... ET JE NE VEUX PAS ME MÊLER DE CETTE AFFAIRE ! QUAND LA TOUR EIFFEL SERA FERMÉE ET L'IMAGE DE LA FRANCE TERNIE PAR CE SCANDALE, LES MEURTRES CESSERONT...
PARRAIN, TU TE RENDS COMPTE DE CE QUE TU DIS ? QU'EST-CE QUI T'EFFRAIE AU POINT DE TENIR DES PROPOS PAREILS ?!
DONNE-MOI LE NOM DE CE FIDÈLE... JE TE LE DEMANDE ! CE N'EST PAS LA POLICE, C'EST MOI... ÉLÉONORE !
JE NE PEUX PAS...
MONSEIGNEUR, VOS FIDÈLES VOUS ATTENDENT...
AH ! OUI, EUH... J'ARRIVE !
TENEZ, MA FILLE, VOUS RÉCITEREZ CETTE PRIÈRE AVANT DE QUITTER LA MAISON DU SEIGNEUR...

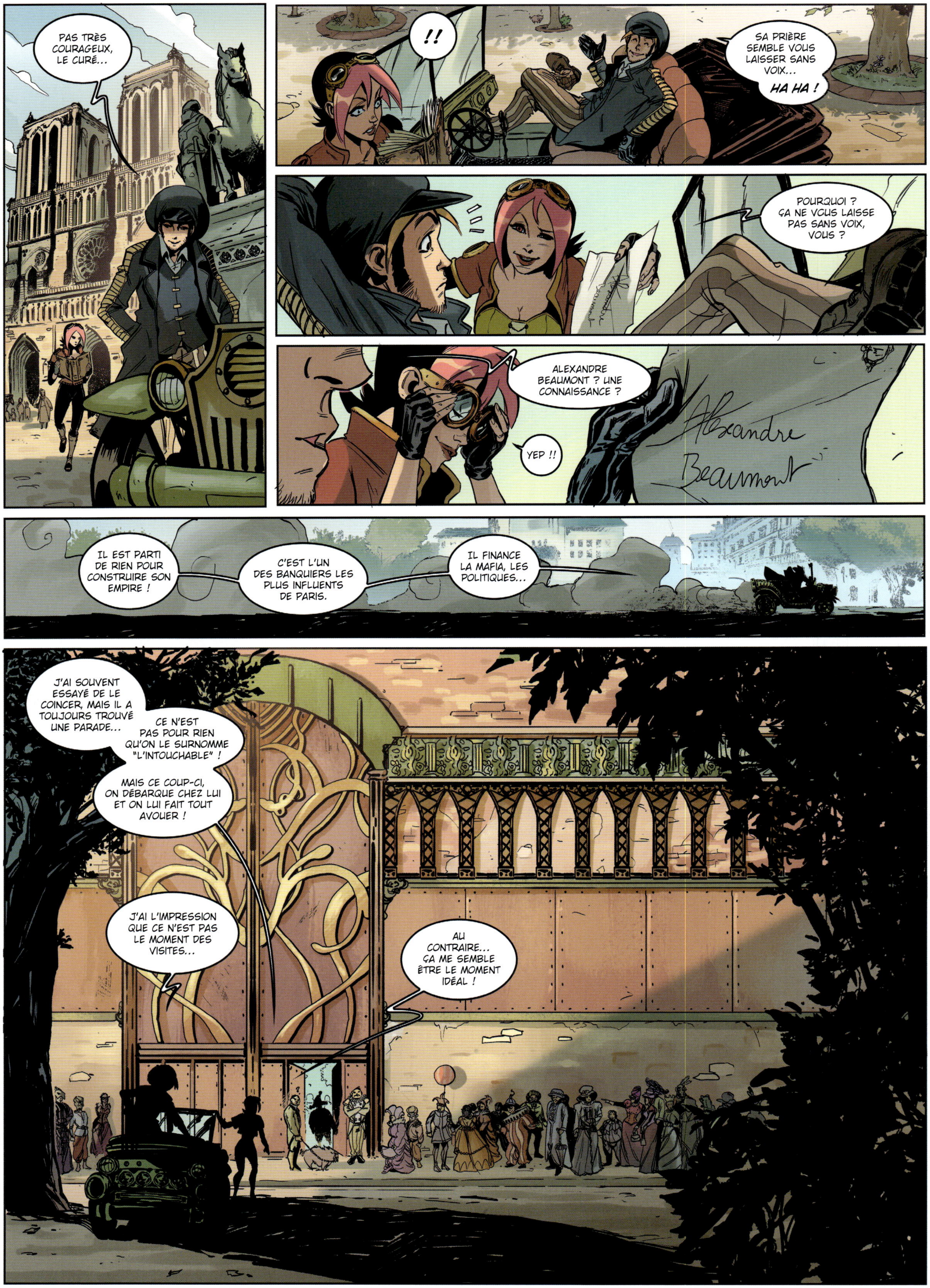
PAS TRÈS COURAGEUX, LE CURÉ...
!!
SA PRIÈRE SEMBLE VOUS LAISSER SANS VOIX... HA HA !
POURQUOI ? ÇA NE VOUS LAISSE PAS SANS VOIX, VOUS ?
ALEXANDRE BEAUMONT ? UNE CONNAISSANCE ?
Alexandre Beaumont
YEP !!
IL FINANCE LA MAFIA, LES POLITIQUES...
C'EST L'UN DES BANQUIERS LES PLUS INFLUENTS DE PARIS.
IL EST PARTI DE RIEN POUR CONSTRUIRE SON EMPIRE !
J'AI SOUVENT ESSAYÉ DE LE COINCER, MAIS IL A TOUJOURS TROUVÉ UNE PARADE...
CE N'EST PAS POUR RIEN QU'ON LE SURNOMME "L'INTOUCHABLE" !
MAIS CE COUP-CI, ON DÉBARQUE CHEZ LUI ET ON LUI FAIT TOUT AVOUER !
J'AI L'IMPRESSION QUE CE N'EST PAS LE MOMENT DES VISITES...
AU CONTRAIRE... ÇA ME SEMBLE ÊTRE LE MOMENT IDÉAL !

HEY ! VOUS NE POUVEZ PAS VOUS GARER ICI !
ON VIENT POUR L'ANIMATION !
À NOUS DEUX, BEAUMONT !
?!
?!

RELEVEZ-VOUS, MON BRAVE... MA FÊTE EST LA VÔTRE !
MES HOMMAGES POUR VOTRE ANNIVERSAIRE, VOTRE GRANDEUR !
JE PARIERAIS MA PLACE QUE DERRIÈRE CES MASQUES...
... SE CACHENT DES MINISTRES ET DES MAGISTRATS !

MAIS... QUE FONT DEUX BRAVES VÉNITIENS SANS LEURS HABITS DE CIRCONSTANCE ?...
POLICE ! NOUS AVONS DES QUESTIONS À VOUS POSER...
... AU SUJET DU WAHKAN !
BLAM !
QUEL SPECTACLE FABULEUX ! BEAUMONT SAIT VRAIMENT RECEVOIR !
PLUS UN...

... GESTE !
CASTIGNAC ! VISEZ LE MOTEUR !!!
BLAM!
BLAM!
BOUM!
ALEXANDRE BEAUMONT ! C'EST FINI ! VOUS ÊTES EN ÉTAT D'ARRESTATION !
DEPUIS LE TEMPS QUE JE RÊVAIS DE VOUS COFFRER...
TU FAIS UNE GRAVE ERREUR, MA JOLIE... TU VAS BIENTÔT DEVOIR VENDRE TON CORPS POUR MANGER, JE TE LE DIS !
KOWALSKI ! CASTIGNAC ! QU'EST-CE QUE VOUS FOUTEZ ICI ?!
?! COMMISSAIRE ?!
BON SANG ! IL FAUT ARRÊTER DE FOUINER SANS VÉRITABLE PREUVE !!! BEAUMONT EST UN HONNÊTE NOTABLE QUI N'A RIEN À VOIR AVEC CES MEURTRES...
MAIS MONSIEUR, SAUF VOTRE RESPECT, C'EST NOTRE PRINCIPAL SUSPECT...
FOUTAISES DE BONNE FEMME ! VOUS ÊTES SUSPENDUS JUSQU'À NOUVEL ORDRE... TOUS LES DEUX ! MAINTENANT, DISPARAISSEZ !
ENFOIRÉ ! JUSTICE INTÈGRE... C'EST ÇA, OUI !

PAF !
OUAF !
OUAF !
OUAF !
OUAF !
OUAF !
MAUDIT CLÉBARD !
J'VAIS ALLER LE FAIRE TAIRE...
JE VOUS PRÉFÈRE ASSIS...
VOUS ?! MAIS COMMENT... ?
BLAM

TOI, ICI ?! MAIS... JE TE CROYAIS SUSPENDUE !
JE RÉSOUS CE MEURTRE, TU LE PRENDS À TON COMPTE...
... ET TOUT CECI RESTERA ENTRE NOUS, MON CHOU ! TU AS TROUVÉ QUELQUE CHOSE ?
C'EST VISIBLEMENT UN RÈGLEMENT DE COMPTES...
PERSONNE N'A RIEN VU, PERSONNE N'A RIEN ENTENDU... JUSTE DES GARDIENS ASSOMMÉS, ET LA DÉPOUILLE DU BANQUIER DANS SA CHAMBRE.
ÉTRANGE COÏNCIDENCE : IL MEURT LA NUIT QUI SUIT NOTRE TENTATIVE D'ARRESTATION... JE PENSE QU'IL ÉTAIT DEVENU GÊNANT... MAIS POUR QUI ?
VOUS AVEZ ESSAYÉ DE L'OUVRIR ?
NON, ON N'A PAS ENCORE TROUVÉ LA CLÉ...
UNE CLÉ ?
PFF... BANDE D'AMATEURS !
ET SI VOUS ATTENDIEZ JUSTE DEUX PETITES MINUTES AVANT DE TOUT DÉFONCER ?...

CASTIGNAC ?!
QU'EST-CE QUE VOUS FAITES ICI ?!
LE MEURTRE DE NOTRE PRINCIPAL SUSPECT, JE NE POUVAIS PAS MANQUER ÇA...
EEEH OUI, MOI AUSSI JE SUIS PROCHE DE NOTRE CHÈRE ANNABELLE...
ALORS, VOYONS ÇA... PARLE À PAPA, MA BELLE...
MMOUI... UN PEU PLUS À DROITE ET...
HOP ! C'EST OUVERT !
JE SUPPOSE QU'IL EST INUTILE DE VOUS DEMANDER OÙ VOUS AVEZ APPRIS ÇA ?...
QU'EST-CE QUE...
MAIS ALORS... ?
QUAND J'Y PENSE... ON TENAIT NOTRE HOMME !
JUSTICE EST FAITE, KOWALSKI...
NON, ÇA NE COLLE PAS... POURQUOI LE TUER ? C'EST SÛREMENT UNE MISE EN SCÈNE !
JE NE COMPTE PAS M'ARRÊTER LÀ. ET IL FAUDRA PLUS QU'UNE MISE À PIED POUR M'ARRÊTER !

ENTREZ, FAITES COMME CHEZ VOUS !
C'EST PAS SUPER RANGÉ, MAIS C'EST CHEZ MOI !
ASSEYEZ-VOUS, JE VAIS CHERCHER À BOI...
?!
DONNEZ-MOI ÇA !
BON, ON REPART DE ZÉRO !
NOTRE COUPABLE SOUHAITE L'AVÈNEMENT DE L'APOCALYPSE POUR ATTENDRE LE SAUVEUR QUI LE FERA RENAÎTRE DE SES CENDRES...
PLUTÔT QUE DE CHERCHER UN SENS À CETTE FOLIE, CHERCHONS DÉJÀ QUI A PU COMMETTRE CES CRIMES...
IL A DES COMPLICES ? LES GARDIENS ?
NON, ILS SONT À CHAQUE FOIS DIFFÉRENTS, ET LA POLICE LES SURVEILLE DEPUIS LE PREMIER MEURTRE... MÊME SI LE COMMISSAIRE NE SEMBLE PAS TRÈS INTÈGRE, C'EST IMPOSSIBLE QUE TOUTE LA POLICE SOIT DANS LE COUP !
JE SUGGÈRE PLUTÔT UN PASSAGE SECRET, OU UN SUPER POUVOIR QUI PERMET DE SE RENDRE INVISIBLE...
NE PARTEZ PAS, JE RIGOOOLE !

J'AI UNE IDÉE... C'EST LA CARTE DES SOUTERRAINS DE LA CAPITALE.
ET SI ON LA SUPERPOSAIT AVEC CELLE DE PARIS ?
VENEZ VOIR !
IL SUFFIRAIT DE CREUSER À QUELQUES MÈTRES, ICI, POUR REJOINDRE LES FONDATIONS DE LA TOUR... ET Y PÉNÉTRER SANS SE FAIRE VOIR DE PERSONNE !
MOUAIS... JE TROUVE QUAND MÊME CETTE HYPOTHÈSE TIRÉE PAR LES CHEVEUX... SUPPOSONS QUE ÇA SOIT POSSIBLE, IL FAUDRAIT PLUSIEURS SEMAINES, VOIRE DES MOIS POUR CREUSER...
... SANS OUBLIER LES RISQUES D'ÉBOULEMENTS... C'EST VRAIMENT BEAUCOUP POUR UNE SIMPLE MISE EN SCÈNE !
OUI, EUH... POURTANT, UN TUNNEL, ÇA COLLERAIT BIEN AVEC LE STYLE DE BEAUMONT... IL LUI SUFFISAIT DE PASSER PAR LES CATACOMBES, REMONTER VERS LA TOUR ET COMMETTRE SES MEURTRES.
O.K., O.K. ! IL EST TROP TARD POUR AUJOURD'HUI, MAIS DEMAIN, ON POURRA TOUJOURS FOUILLER LES CATACOMBES POUR TROUVER CET HYPOTHÉTIQUE TUNNEL...
EN ATTENDANT, JE VOUS LAISSE VOUS REPOSER. À DEMAIN, KOWALSKI !
ATTENDEZ ! EUH... LES CATACOMBES SONT TOUT PRÈS D'ICI... VOUS N'AVEZ QU'À, EUH... RESTER ICI POUR LA NUIT... ET DEMAIN, ON IRA ENSEMBLE À LA PREMIÈRE HEURE...

OH, ET PUIS... ZUT !
?!
CE N'EST PAS TRÈS RAISONNABLE...
LA FERME, CASTIGNAC !
TOC TOC !
?

* "BUFFALO BILL" EN LANGUE INDIENNE SIOUX.

DRIIIIIIIING ! DRIIIIIIIING !
COMMISSAIRE ?
VOUS AVEZ VU L'HEURE ?!
BIEN SÛR QUE J'AI VU L'HEURE, KOWALSKI !
JE VIENS VOUS ANNONCER QU'ON A RETROUVÉ HIER SOIR LE CORPS DE CASTIGNAC DANS UNE DÉCHARGE...
CASTIGNAC ? NON, CE N'EST PAS POSSIBLE, IL ÉTAIT AVEC MOI...
NON, LE VÉRITABLE CASTIGNAC ! PAS CELUI QUI SE FAIT PASSER POUR LUI DEPUIS QUELQUES JOURS !
L'IDENTIFICATION A PRIS DU TEMPS CAR SON VISAGE A ÉTÉ COMPLÈTEMENT MASSACRÉ !
MAIS LE MINISTÈRE A CONFIRMÉ QU'IL S'AGISSAIT BIEN DE LUI.
INUTILE DE VOUS DIRE QUE TOUT LE MONDE EST SUR LES DENTS !!!
REJOIGNEZ-MOI SUR LA SCÈNE DE CRIME AU PLUS VITE !
À VOS ORDRES, MONSIEUR...
LE TEMPS D'UNE DOUCHE ET JE SAUTE DANS MA VOITURE.

je ne suis pas celui que tu
croyais, c'est vrai, mais je
ne suis pas celui que tu
crois non plus... Cette
nuit, je n'ai pas mérité mais
je ne peux pas rester,
le "spectacle" doit continuer

TIENS ? T'ES LÀ AUSSI, TOI ? T'AS PAS DÉJÀ UNE AFFAIRE ?
OUI, IL EST LÀ AUSSI, LUI !
LA VICTIME A ÉTÉ ÉGORGÉE ET MARQUÉE, TOUT COMME LES PRÉCÉDENTES VICTIMES DU "TUEUR DE LA TOUR"...
CE MEURTRE EST ÉVIDEMMENT LIÉ AUX AUTRES...
... D'OÙ LA PRÉSENCE DE CARETTE !
ÇA VOUS POSE UN PROBLÈME ?!
NON. MAIS MOI ? JE SUIS SUSPENDUE, NON ?
EFFECTIVEMENT ! J'AI DÉCIDÉ DE VOUS RÉINTÉGRER POUR DÉCOUVRIR L'IDENTITÉ DE L'USURPATEUR QUI A ENDOSSÉ CELLE DE JULES CASTIGNAC...
... ET SI J'AI BIEN COMPRIS, VU LES RAPPORTS QUE VOUS SEMBLEZ ENTRETENIR AVEC LUI, ÇA NE DEVRAIT PAS ÊTRE BIEN COMPLIQUÉ. SI ?

MAIS...
JE...
TOI ?!
AVEC... ?
PAS UN MOT !
TU. NE. DIS. PAS. UN. MOT !!!
VICTIME SANS FAMILLE, ORPHELIN AMÉRICAIN, ARRIVÉ TARDIVEMENT EN FRANCE POUR Y FAIRE SES ÉTUDES, TOUS FRAIS PAYÉS PAR UN DONATEUR ANONYME.
LE CORPS EST ACTUELLEMENT EN SALLE D'AUTOPSIE. L'EXAMEN EN RÉVÉLERA PEUT-ÊTRE UN PEU PLUS, MAIS IL N'Y A AUCUN DOUTE SUR LE FAIT QUE CE SOIT L'ŒUVRE DE NOTRE TUEUR EN SÉRIE.
SEULE DIFFÉRENCE NOTABLE : LE CORPS N'A PAS ÉTÉ SUSPENDU NI VIDÉ DE SON SANG.
QUANT AU CASTIGNAC QUE L'ON CONNAÎT, IL A ÉTÉ VU POUR LA DERNIÈRE FOIS AU POSTE APRÈS AVOIR ÉTÉ ARRÊTÉ EN ÉTAT D'IVRESSE ET AVOIR PERTURBÉ LE SHOW DE BUFFALO BILL.
D'APRÈS CERTAINS TÉMOINS, LES DEUX SEMBLAIENT SE CONNAÎTRE.
SUR CE, J'AI TERMINÉ MON JOB ICI. JE FILE EN SALLE D'AUTOPSIE.
JE T'ACCOMPAGNE.

… ET DONC, **OUI**, LA VICTIME A BIEN ÉTÉ ÉGORGÉE, MAIS **APRÈS LA MORT** !!!
CE QUI SOULÈVE DE NOUVELLES QUESTIONS !
EST-CE QUE LE TUEUR EST BIEN CELUI DE LA TOUR ?
OU BIEN ÉTAIT-CE SA PREMIÈRE VICTIME ET IL A AFFINÉ SA MÉTHODOLOGIE ENSUITE ?
SINON, POURQUOI AURAIT-IL ARRÊTÉ DE FRACASSER LES VISAGES ET COMMENCÉ À LES ÉGORGER ?
PETITE BULLE DE CHUCHOTAGE
PETITE BULLE DE CHUCHOTAGE ENCORE UNE FOIS
PAREIL
?!

C'ÉTAIT PAS MALIN DE LUI LAISSER UN MOT... TU RISQUES GROS SI ELLE COMPREND !
JE SAIS QU'ELLE COMPRENDRA ! LA VRAIE QUESTION, C'EST "QUAND ?".
TROP TÔT POUR VOUS, ON DIRAIT BIEN !
HOLÀ !
JE SAIS BIEN QUE VOUS ÊTES RAPIDE, BUFFALO...
... MAIS À VOTRE PLACE, C'EST UN DÉFI QUE JE NE RELÈVERAIS PAS !
CALME-TOI, ÉLÉONORE... JE VAIS T'EXPLIQUER !
M'EXPLIQUER QUOI ?!
LORSQUE J'AI SU QUE BILL ET TOI VOUS VOUS CONNAISSIEZ, TON PETIT MOT "LE SPECTACLE DOIT CONTINUER..." A PRIS TOUT SON SENS...
... SANS PARLER DE TES TATOUAGES, QUI ONT BIEN L'AIR AMÉRINDIENS EUX AUSSI, COMME LA LÉGENDE... JE ME TROMPE ?
NON, MAIS J...
POURQUOI AS-TU TUÉ TOUS CES GENS ? QUEL EST LE LIEN AVEC BEAUMONT ?
IL FAUT SACRÉMENT EN VOULOIR POUR ENDOSSER UNE AUTRE IDENTITÉ ET ALLER JUSQU'À SE FAIRE LES MÊMES TATOUAGES !!! C'EST DU DÉLIRE !

TU VOIS, KID ?
JE T'AVAIS DIT QU'ELLE NE PIGERAIT PAS, LA GAMINE !
C'EST PAS VRAIMENT LE MOMENT, LÀ !
N'EMPÊCHE QUE C'ÉTAIT PAS MALIN DE LUI LAISSER UN MOT DOUX !
EST-CE QUE TU VEUX BIEN FERMER TA GRANDE G...
ÇA VA ?! JE VOUS DÉRANGE PAS ?!
TU TE TROMPES, ÉLÉONORE... ENFIN... PAS COMPLÈTEMENT, MAIS... UN PEU QUAND MÊME...
JE NE ME SUIS PAS FAIT FAIRE LES MÊMES TATOUAGES QUE JULES CASTIGNAC...
... NOUS NOUS SOMMES FAIT TATOUER ENSEMBLE LORSQUE NOUS ÉTIONS ENFANTS...
... NOUS SOMMES JUMEAUX !
ENFIN... NOUS ÉTIONS JUMEAUX...
JE SUIS JULIEN CASTIGNAC, LE FRÈRE DE JULES.
NON, MAIS TU ME PRENDS VRAIMENT POUR UNE IDIOTE ?!
ÉCOUTE, ÉLÉONORE, SI JE SUIS BIEN CE TUEUR EN SÉRIE QUE TOUT LE MONDE RECHERCHE...
... PENSES-TU VRAIMENT QUE JE T'AURAIS LAISSÉE EN VIE ? QUE JE T'AURAIS MISE SUR LA PISTE?
BIEN SÛR QUE NON !
WACK

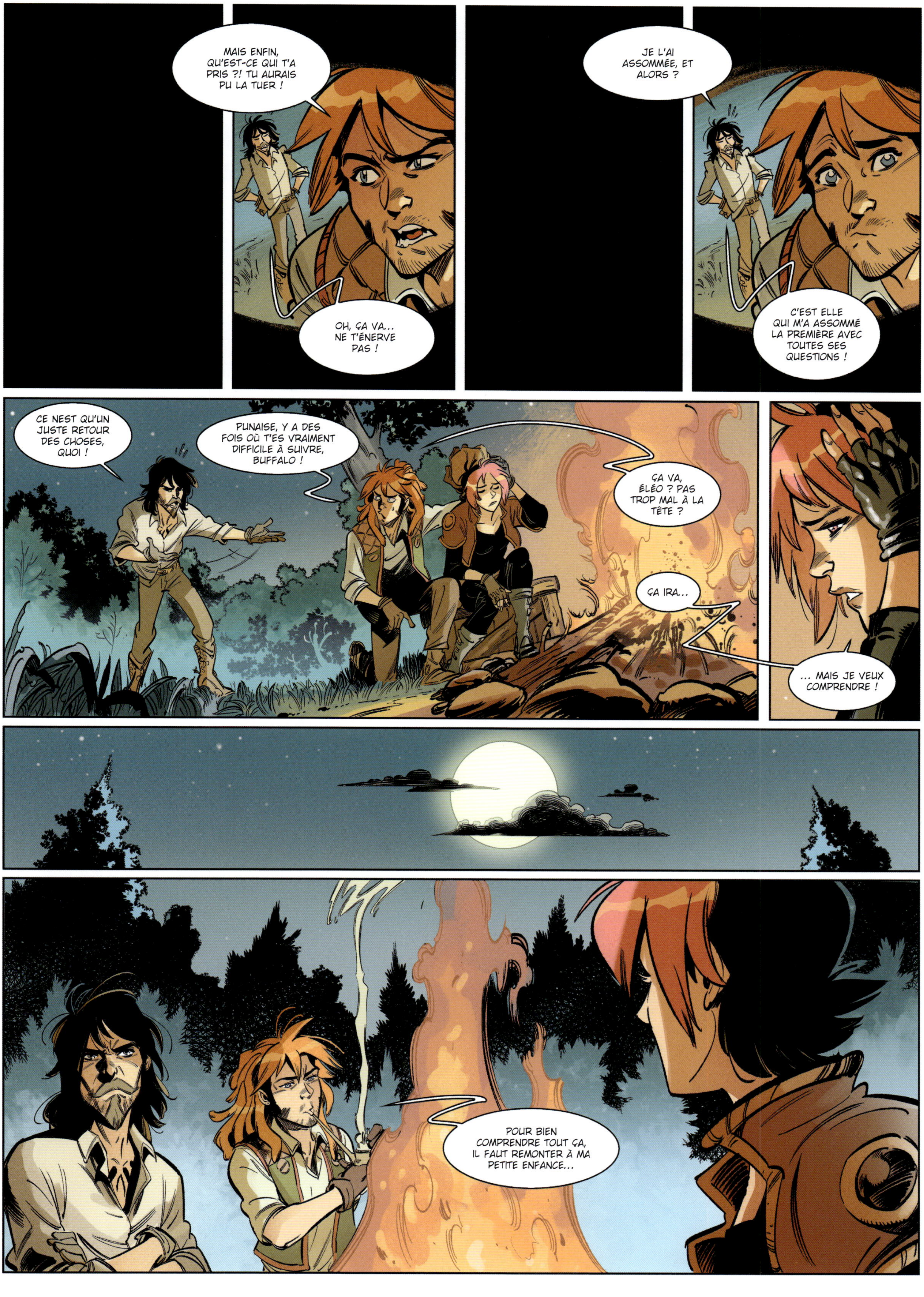
MAIS ENFIN, QU'EST-CE QUI T'A PRIS ?! TU AURAIS PU LA TUER !
OH, ÇA VA... NE T'ÉNERVE PAS !
JE L'AI ASSOMMÉE, ET ALORS ?
C'EST ELLE QUI M'A ASSOMMÉ LA PREMIÈRE AVEC TOUTES SES QUESTIONS !
CE NEST QU'UN JUSTE RETOUR DES CHOSES, QUOI !
PUNAISE, Y A DES FOIS OÙ T'ES VRAIMENT DIFFICILE À SUIVRE, BUFFALO !
ÇA VA, ÉLÉO ? PAS TROP MAL À LA TÊTE ?
ÇA IRA...
... MAIS JE VEUX COMPRENDRE !
POUR BIEN COMPRENDRE TOUT ÇA, IL FAUT REMONTER À MA PETITE ENFANCE...

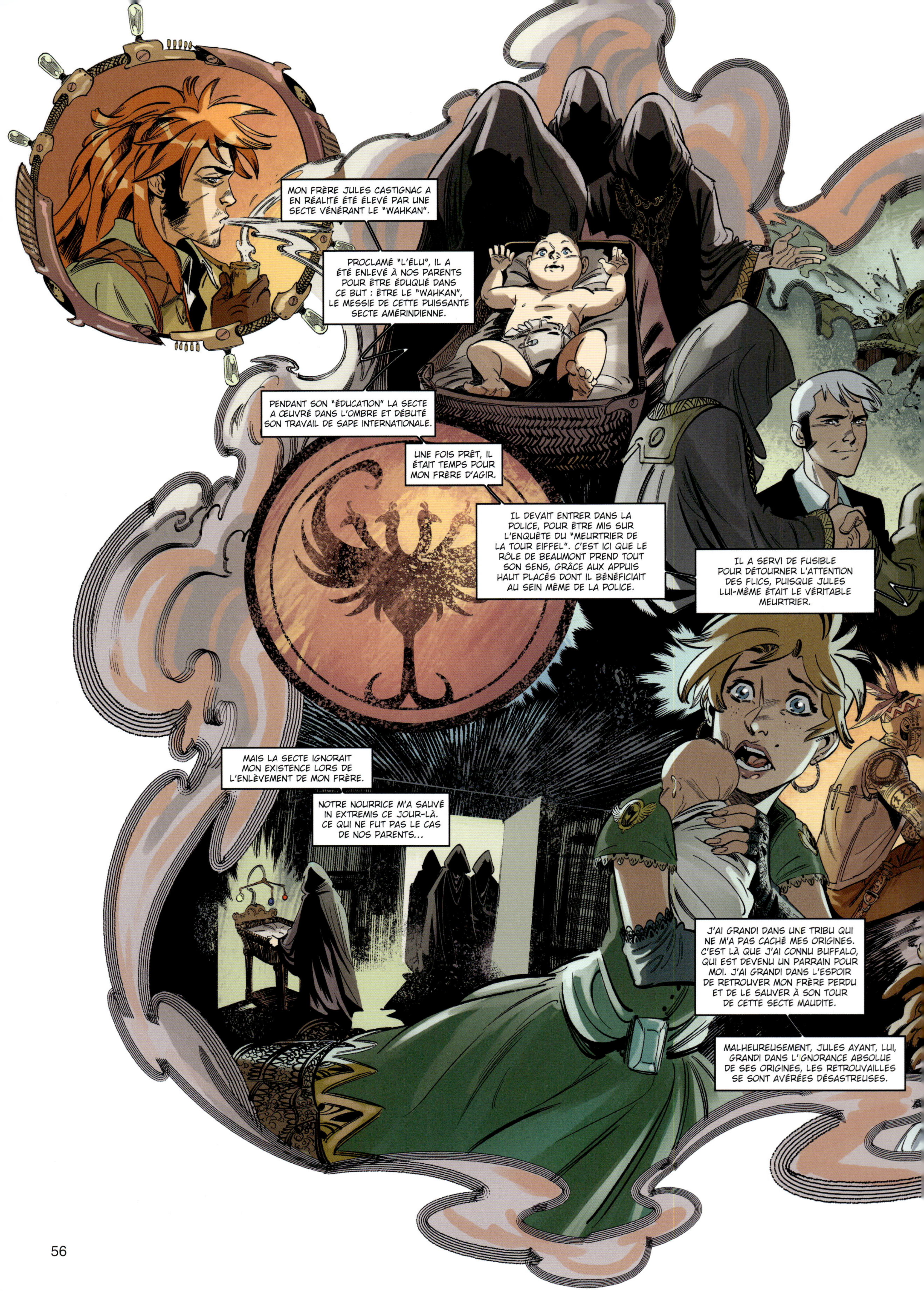
MON FRÈRE JULES CASTIGNAC A EN RÉALITÉ ÉTÉ ÉLEVÉ PAR UNE SECTE VÉNÉRANT LE "WAHKAN".
PROCLAMÉ "L'ÉLU", IL A ÉTÉ ENLEVÉ À NOS PARENTS POUR ÊTRE ÉDUQUÉ DANS CE BUT : ÊTRE LE "WAHKAN", LE MESSIE DE CETTE PUISSANTE SECTE AMÉRINDIENNE.
PENDANT SON "ÉDUCATION" LA SECTE A ŒUVRÉ DANS L'OMBRE ET DÉBUTÉ SON TRAVAIL DE SAPE INTERNATIONALE.
UNE FOIS PRÊT, IL ÉTAIT TEMPS POUR MON FRÈRE D'AGIR.
IL DEVAIT ENTRER DANS LA POLICE, POUR ÊTRE MIS SUR L'ENQUÊTE DU "MEURTRIER DE LA TOUR EIFFEL". C'EST ICI QUE LE RÔLE DE BEAUMONT PREND TOUT SON SENS, GRÂCE AUX APPUIS HAUT PLACÉS DONT IL BÉNÉFICIAIT AU SEIN MÊME DE LA POLICE.
IL A SERVI DE FUSIBLE POUR DÉTOURNER L'ATTENTION DES FLICS, PUISQUE JULES LUI-MÊME ÉTAIT LE VÉRITABLE MEURTRIER.
MAIS LA SECTE IGNORAIT MON EXISTENCE LORS DE L'ENLÈVEMENT DE MON FRÈRE.
NOTRE NOURRICE M'A SAUVÉ IN EXTREMIS CE JOUR-LÀ. CE QUI NE FUT PAS LE CAS DE NOS PARENTS...
J'AI GRANDI DANS UNE TRIBU QUI NE M'A PAS CACHÉ MES ORIGINES. C'EST LÀ QUE J'AI CONNU BUFFALO, QUI EST DEVENU UN PARRAIN POUR MOI. J'AI GRANDI DANS L'ESPOIR DE RETROUVER MON FRÈRE PERDU ET DE LE SAUVER À SON TOUR DE CETTE SECTE MAUDITE.
MALHEUREUSEMENT, JULES AYANT, LUI, GRANDI DANS L'IGNORANCE ABSOLUE DE SES ORIGINES, LES RETROUVAILLES SE SONT AVÉRÉES DÉSASTREUSES.

LE BUT FINAL DE CETTE FOLIE ÉTANT DE METTRE LA FRANCE DANS UNE POSITION DÉLICATE AU NIVEAU INTERNATIONAL AFIN DE FAIRE UN PREMIER PAS VERS UNE GUERRE MONDIALE ET AINSI DIRIGER LE MONDE VERS "L'AVÈNEMENT DE L'APOCALYPSE".
UNE VIEILLE VOISINE S'EST INQUIÉTÉE DU BRUIT, JE ME SUIS AISÉMENT FAIT PASSER POUR MON FRÈRE.
C'EST LÀ QUE BUFFALO A SUGGÉRÉ QUE JE PRENNE SA PLACE !
NOUS NOUS SOMMES BATTUS ET BUFFALO A TUÉ MON FRÈRE EN VOULANT M'AIDER...
QUANT À LA SUITE...

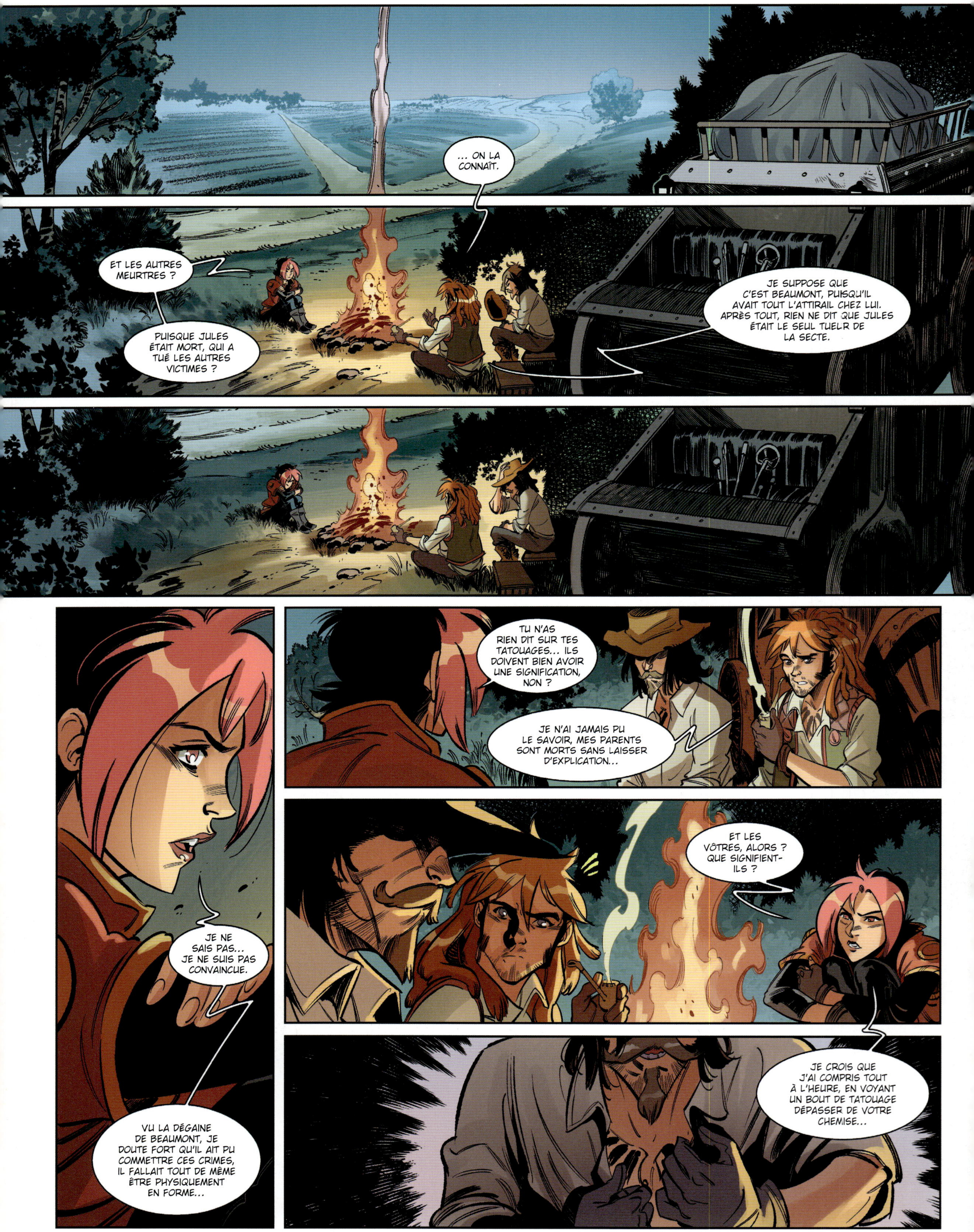
... ON LA CONNAÎT.
ET LES AUTRES MEURTRES ?
PUISQUE JULES ÉTAIT MORT, QUI A TUÉ LES AUTRES VICTIMES ?
JE SUPPOSE QUE C'EST BEAUMONT, PUISQU'IL AVAIT TOUT L'ATTIRAIL CHEZ LUI. APRÈS TOUT, RIEN NE DIT QUE JULES ÉTAIT LE SEUL TUEUR DE LA SECTE.
JE NE SAIS PAS... JE NE SUIS PAS CONVAINCUE.
VU LA DÉGAINE DE BEAUMONT, JE DOUTE FORT QU'IL AIT PU COMMETTRE CES CRIMES, IL FALLAIT TOUT DE MÊME ÊTRE PHYSIQUEMENT EN FORME...
TU N'AS RIEN DIT SUR TES TATOUAGES... ILS DOIVENT BIEN AVOIR UNE SIGNIFICATION, NON ?
JE N'AI JAMAIS PU LE SAVOIR, MES PARENTS SONT MORTS SANS LAISSER D'EXPLICATION...
ET LES VÔTRES, ALORS ? QUE SIGNIFIENT-ILS ?
JE CROIS QUE J'AI COMPRIS TOUT À L'HEURE, EN VOYANT UN BOUT DE TATOUAGE DÉPASSER DE VOTRE CHEMISE...

JE T'AVAIS DIT QUE TU ALLAIS LE REGRETTER SI ELLE COMPRENAIT, GAMIN !

LES TATOUAGES SONT CENSÉS GUIDER JULIEN DANS SA QUÊTE POUR DEVENIR LE WAHKAN !
ET SI LE VÔTRE EST NOIR, C'EST PARCE QUE VOUS ÊTES LE PHÉNIX !
ÉLÉONORE, ATTENTION !
PAW !

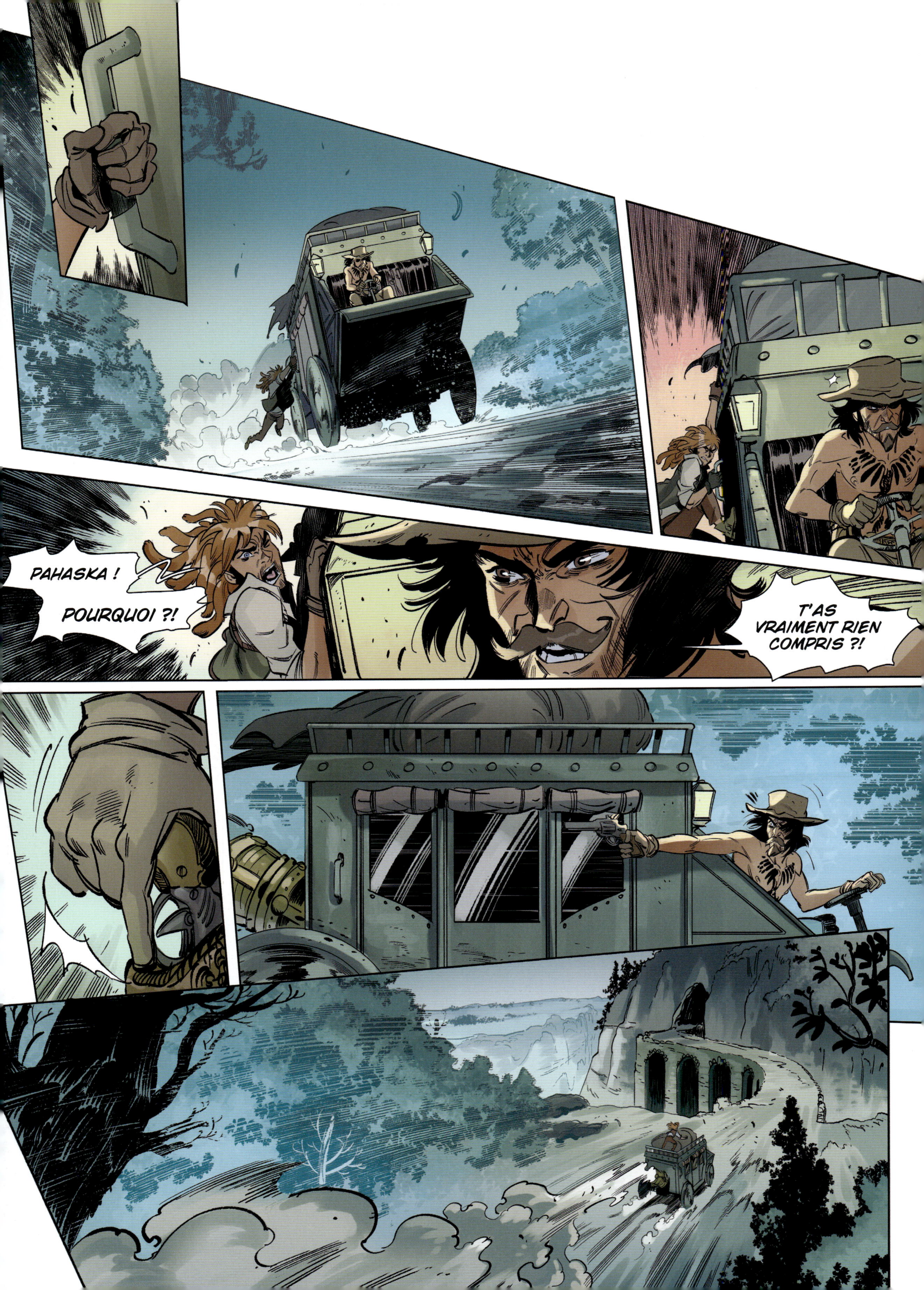
PAHASKA !
POURQUOI ?!
T'AS VRAIMENT RIEN COMPRIS ?!

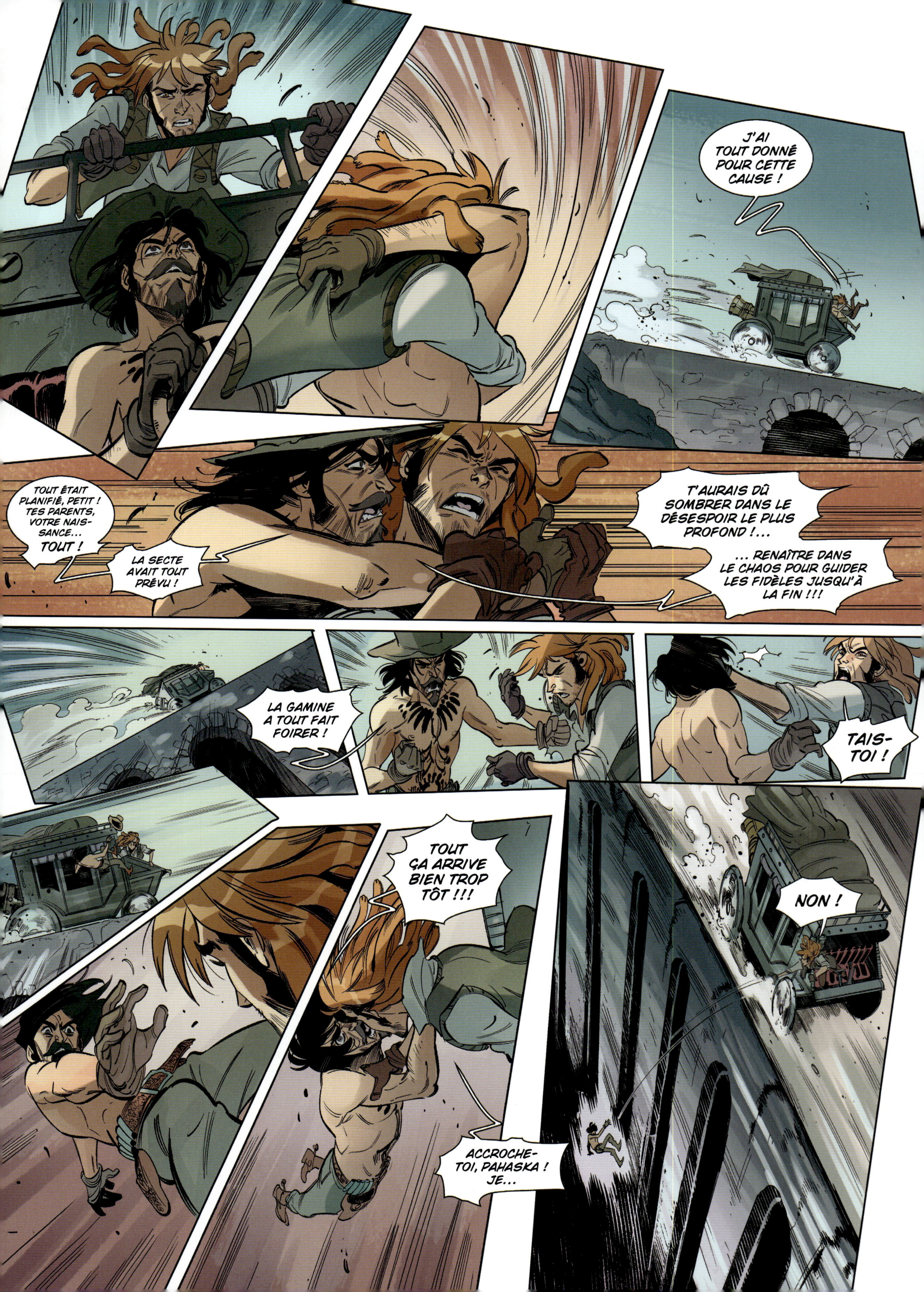
J'AI TOUT DONNÉ POUR CETTE CAUSE !
TOUT ÉTAIT PLANIFIÉ, PETIT ! TES PARENTS, VOTRE NAIS-SANCE... TOUT !
LA SECTE AVAIT TOUT PRÉVU !
T'AURAIS DÛ SOMBRER DANS LE DÉSESPOIR LE PLUS PROFOND !...
... RENAÎTRE DANS LE CHAOS POUR GUIDER LES FIDÈLES JUSQU'À LA FIN !!!
LA GAMINE A TOUT FAIT FOIRER !
TAIS-TOI !
TOUT ÇA ARRIVE BIEN TROP TÔT !!!
ACCROCHE-TOI, PAHASKA ! JE...
NON !

Quelques jours plus tard.
ENCORE EN TRAIN DE RUMINER ?
NON, JUSTICE EST FAITE !
ET TOI ? PAS DE REGRETS DE TOUT QUITTER ?
NON, JE CROIS QUE J'EN AVAIS MA CLAQUE DE PARIS...
ALLEZ, HAUT LES CŒURS !

À NOUS
LE NOUVEAU
MONDE!
FIN
COSSU / SENTENAC
L'HERMENIER / HAMILTON

ÊTES PARMI NOUS... QUELLE IDÉE PROMETTEUSE, PLEINE DE GÉNIE...
SAUF QUE...
ÇA FAIT BIENTÔT DEUX SEMAINES QUE LES SERVICES DE LA SÛRETÉ ÉPLUCHENT LA TOUR À LA LOUPE... IL N'Y A RIEN !!!
PAS DE TRACE D'UNE QUELCONQUE ARME DU CRIME... PAS DE TRACE DE SANG...
PAS DE TRACE DE PAS...
PAS D'EMPREINTE... RIEN !
RIEN ! CE TUEUR EST AUSSI INVISIBLE QU'UN FANTÔME !
EN PARLANT DE FANTÔME, VOUS ÊTES TOUT BLANC CASTIGNAC, QUE SE PASSE-T-IL ?
VOUS N'AVEZ PAS L'HABITUDE DE LA CONDUITE PARISIENNE ?
MES HOMMAGES POUR VOTRE ANNIVERSAIRE, VOTRE GRANDEUR !
RELEVEZ-VOUS MON BRAVE... MA FÊTE EST LA VÔTRE !

MAIS ALORS ?! QUE FONT DEUX BRAVES VENITIENS SANS LEURS HABITS DE CIRCONSTANCE ?...
POLICE ! NOUS AVONS DES QUESTIONS À VOUS POSER...
...AU SUJET DU WAHKAN !
QUEL SPECTACLE FABULEUX ! BEAUMONT SAIT VRAIMENT RECEVOIR !
PLUS UN...
CRAC
JE PEUX VOUS AIDER ?..
AU PARADIS D'EDEN, Y'A TOUT CE QU'IL FAUT...
EN FAIT, JE CHERCHE UN VIEIL AMI QUI A DISPARU...
ET VOUS AVEZ L'AIR D'AVOIR UNE VUE IMPRENABLE SUR...
LAISSE-MOI DEVINER... UN GRAND GAILLARD AVEC UN CŒUR REMPLI D'AMOUR...
AMBRE ! UN CLIENT POUR TOI !
...LE TOUT PARIS.
CASTIGNAC ! JE...
MON CHOU, DANS MON MÉTIER, ON APPREND VITE À OUBLIER...
JE SAIS ! MAIS QUELQUE FOIS LA MÉMOIRE REVIENT TRÈS VITE... IL SUFFIT DE LA STIMULER...
EN EFFET ! MAINTENANT QUE JE LE VOIS, OUI, ÇA ME REVIENT... C'EST ENCORE VAGUE, MAIS AVEC UN PETIT EFFORT, MA MÉMOIRE REVIENDRA...
17

RUBIS POLI

WAHKAN

DESIGN

JULES CASTIGNAC
ELEONORE KOWALSKI